THE SHADOW PROPHET

BAND 1

VON MARISSA DELBRESSINE UND ANNE DELSEIT

NACH EINEM KONZEPT VON WILLEM RITSTIER, MARISSA DELBRESSINE
UND PIETER VAN OUDHEUSDEN

In Erinnerung an Pieter van Oudheusden

TEAM UND DANKSAGUNG

Story und Zeichnungen:
Marissa Delbressine

Co-Autorin und deutsche Texte:
Anne Delseit

Originalkonzept:
Willem Ritstier, Marissa Delbressine & Pieter van Oudheusden

Webtoon-Produktionsteam (Episoden 1-13):
Daniel de la Cruz (Grundkolorierung), Peter Klijn (Schattierungen, Highlights), Sabrina Kooijmans (Webtoon-Satz, Dateizusammenstellung, Kleidungsmuster), Falco Verholen (weitere Unterstützung) & Annie LaHue (Webtoon-Redaktion)

Buchproduktionsteam (Seitendesign Band 1):
Marissa Delbressine, Anne Delseit, Natasja van Gestel, Wan Ting Hu, Annelot van der Leden, Matthias Speksnijder & Jaime van Kalsbeek

Eine frühe Fassung des Projekts wurde vom Mondriaan Fund (ehemals Fonds BKVB) gefördert.

INHALT

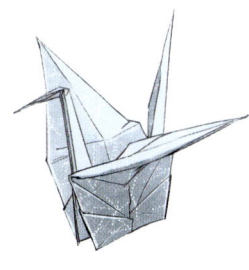

EPISODE 0

GODO SAGT:
»WASSER IST SCHWACH. ES SUCHT SICH DEN
EINFACHSTEN WEG.«

WARUM TUST
DU DAS?

ICH DACHTE,
DU LIEBST MICH.

EPISODE 1

GODO SAGT:
»EIN ORDENTLICHES ZIMMER IST DAS SPIEGELBILD DES KLAREN VERSTANDS.«

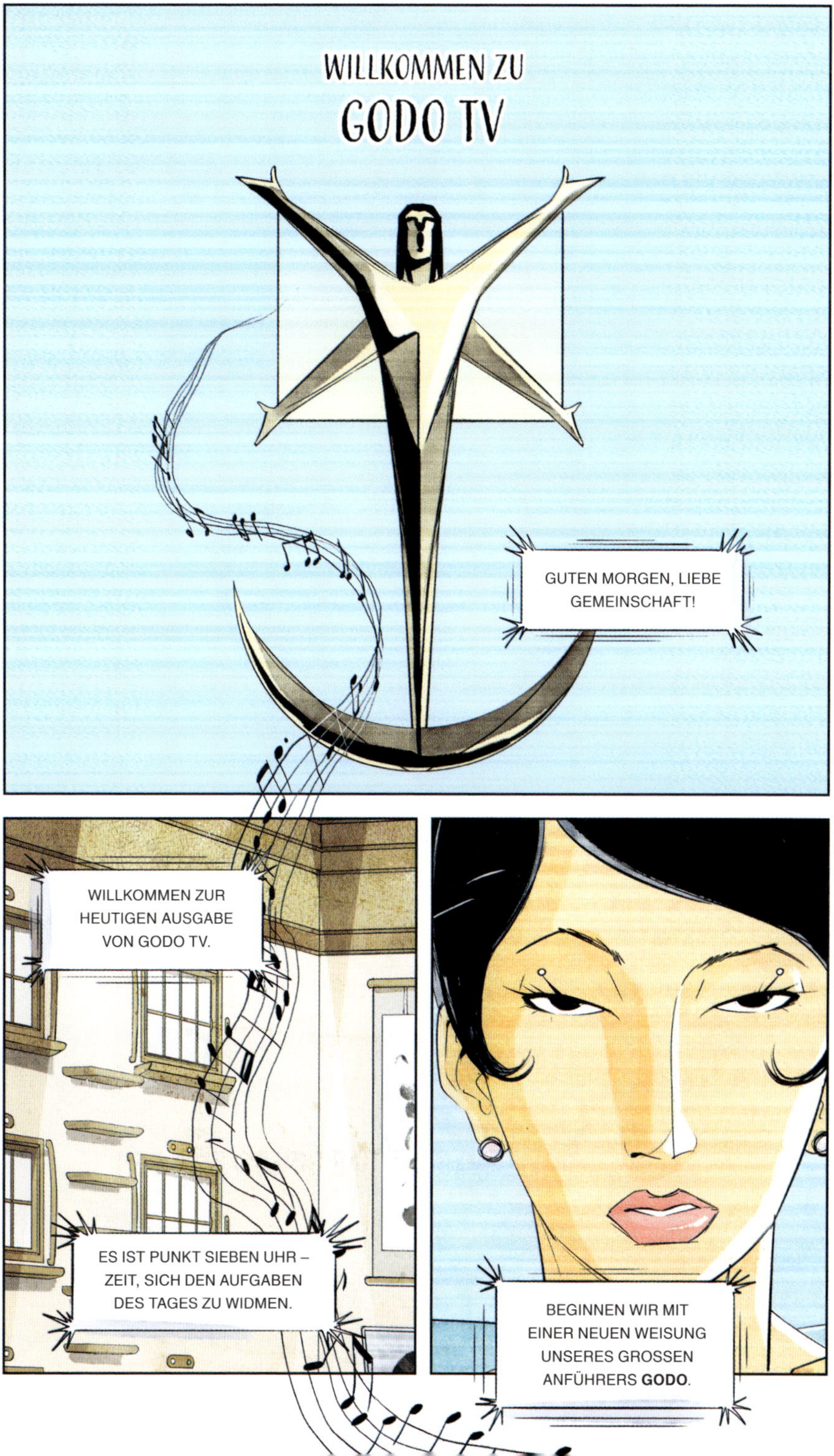
WILLKOMMEN ZU
GODO TV
GUTEN MORGEN, LIEBE GEMEINSCHAFT!
WILLKOMMEN ZUR HEUTIGEN AUSGABE VON GODO TV.
ES IST PUNKT SIEBEN UHR – ZEIT, SICH DEN AUFGABEN DES TAGES ZU WIDMEN.
BEGINNEN WIR MIT EINER NEUEN WEISUNG UNSERES GROSSEN ANFÜHRERS **GODO**.

WIESO FIND ICH HIER NIE WAS?!

... IST EIN GESUNDER TAG!

BEI GODO! WILLST DU UNBEDINGT ZU SPÄT KOMMEN?

MOMENT NOCH!

ICH KANN NICHT OHNE SIE ZUR PRÜFUNG!

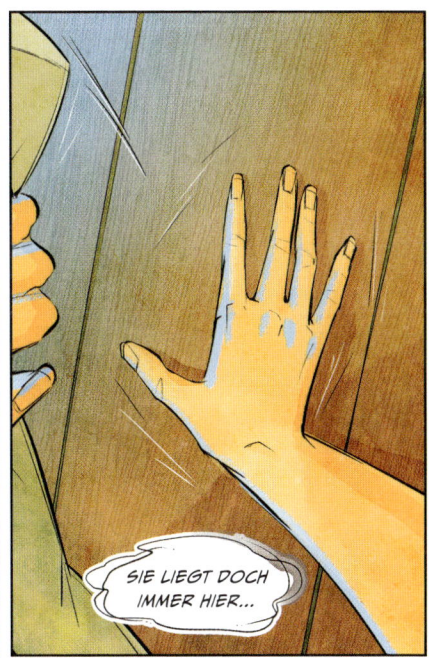

ICH WERDE MICH NICHT WIEDER WEGEN DIR VER-SPÄTEN!

TUT MIR LEID, DASS DU WARTEN MUSSTEST, TAMA!

KOMME!

WAMM!

ICH MACH'S WIEDER GUT! MIT EINEM PAPIER-KRANICH!

ALS GLÜCKS...

NUN ZU WEITEREN NACHRICHTEN: IN BEZIRK 5-32 WIRD EIN NEUER GODO-TEMPEL GEBAUT.
DIE ANWOHNER DES GELÄNDES STIMMTEN BEGEISTERT DEM UMSIEDLUNGSPLAN ZU.
DIE BEZIRKSBAULE DANKT IHNEN IM N GODOS FÜR IHRE WER SELBSTLOSE KOOPERA
...BRINGER.
SCHON OKAY. ICH WÄRE AN IHRER STELLE AUCH GEGANGEN.
ICH WERDE DAS SPÄTER MIT IHR KLÄREN.
ERSTMAL DIE PRÜFUNG! WENN ICH RENNE, KRIEG ICH DEN ZUG VIELLEICHT NOCH.
ACHTUNG!

18

GEDENKEN WIR FÜR EINEN MOMENT DENEN, DIE UNS GENOMMEN WURDEN.

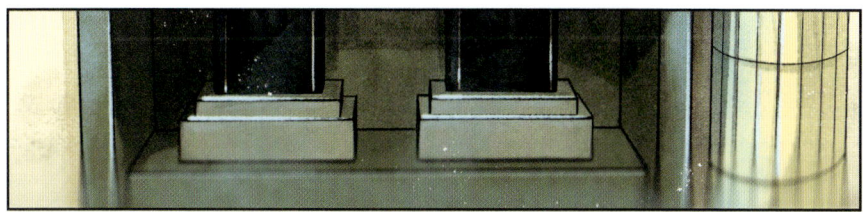

ALLEN VORAN DER HOCHGESCHÄTZTEN LEBENSMITTELTECHNIKERIN AKI MATSJU...

... DIE FEDERFÜHRENDE PIONIERIN JENER ERGIE-BIGEN REISSORTE WAR, DIE UNS BIS HEUTE REICHS-TE ERNTEN BESCHERT.

HEY.

HEY.

ÄHM, BIST DU NOCH IM APARTMENT?

JA.

HAST DU DIE NACHRICHTEN GEHÖRT? OH, HALT, DUMME FRAGE.

... JA?

KANNST DU MIR EINEN GEFALLEN TUN?

WAS FÜR EINEN?

EINE MITFAHR-GELEGENHEIT?

ES IST...

... GERADE SCHWIERIG.

HAST DU DEINE TABLETTEN GENOMMEN?

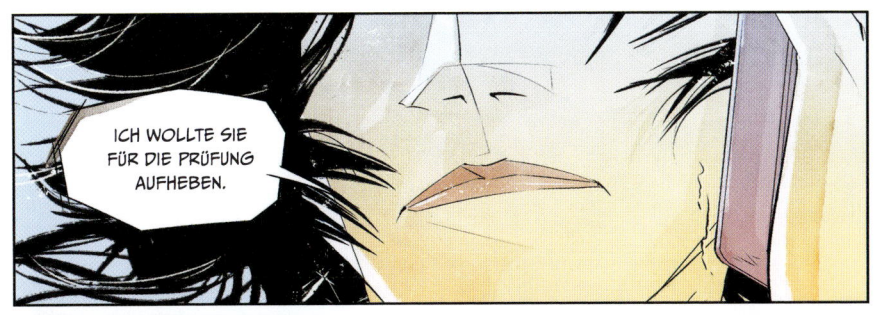

ICH WOLLTE SIE FÜR DIE PRÜFUNG AUFHEBEN.

...

ICH HOL DICH AB, WENN DU MICH BRAUCHST.

NEIN, HERR OBERST!

IHR TERMINPLAN!

OH, WARTE... DU HAST DIESES MEETING. IST GUT, ICH...

ES HAT WOCHEN GEDAUERT, DIE...

ICH NEHM EIN TAXI.

27

TAPP

DU NICHT.

LEG DAS NÄCHSTE MAL NICHT AUF.

DU HAST WEGEN DIESER ANGRIFFE SICHER VIEL ZU TUN...

MHM.

ERINNERST DU DICH NOCH AN DAS, WAS ICH DIR GESAGT HABE, ITSHOU?

HAB SIE IMMER UM. IMMER.

IMMERHIN IST
SIE EIN ZEICHEN
UNSERER LIEBE.

ICH HAB MICH SO ÜBER DIESES GE-SCHENK GEFREUT.

DAMALS GAB ES WENIGER DROHNEN.

87,5 PROZENT WENIGER, UM GENAU ZU SEIN.

RYUICHI...

EPISODE 2

GODO SAGT:
»SCHÖNHEIT VERGEHT, PERFEKTION BESTEHT.«

ACHTUNG, PRÜFLINGE!
SIE HABEN JETZT NOCH
15 MINUTEN ZEIT.

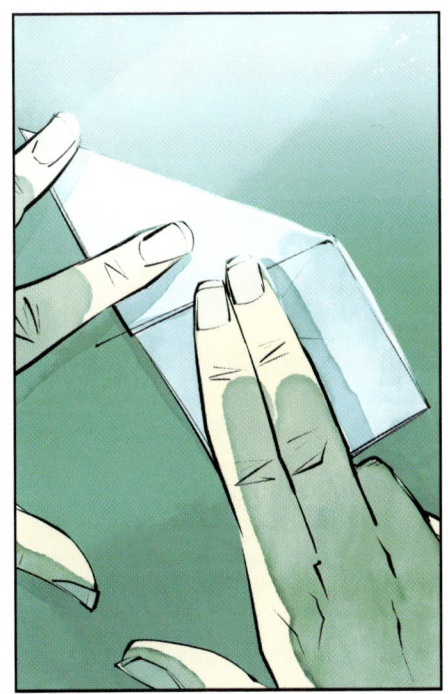

44

DAS AUTOMATISCHE BENOTUNGSVERFAHREN STARTET IN ZEHN MINUTEN.

TJA, DAS WAR MEIN LETZTES BLATT PAPIER.

SCHEISSE, SCHEISSE! ER IST VORS FENSTER GEFALLEN!

FÜR GODO.

FÜR GODO!

HEY!

WAS HAST DU DENN ERWARTET?

DEINE SORGLOSIG-KEIT IST ECHT ÄTZEND!

NICHT JEDER KANN SO MÜHELOS DURCH DIE UNI TÄNZELN WIE DU. UND JETZT MÜLLST DU AUCH NOCH ALLES VOLL?

REICHT ES NICHT, DASS UNSER WOHNHEIM IN DEINEM PAPIERKRAM ERSTICKT? WAS IST DAS ÜBERHAUPT?

EIN GLÜCKSKRANICH ... FÜR DEINE PRÜFUNGS-ERGEBNISSE.

DU WARST SCHON WEG, ALS ICH IHN DIR GEBEN WOLLTE.

ICH ARBEITE GENAUSO HART WIE DU.

GENAU DAS MEIN ICH.

DIE PRÜFUNG WURDE AUSGEWERTET.

BITTE HALTEN SIE SICH FÜR DIE VERKÜNDUNG DER ERGEBNISSE BEREIT.

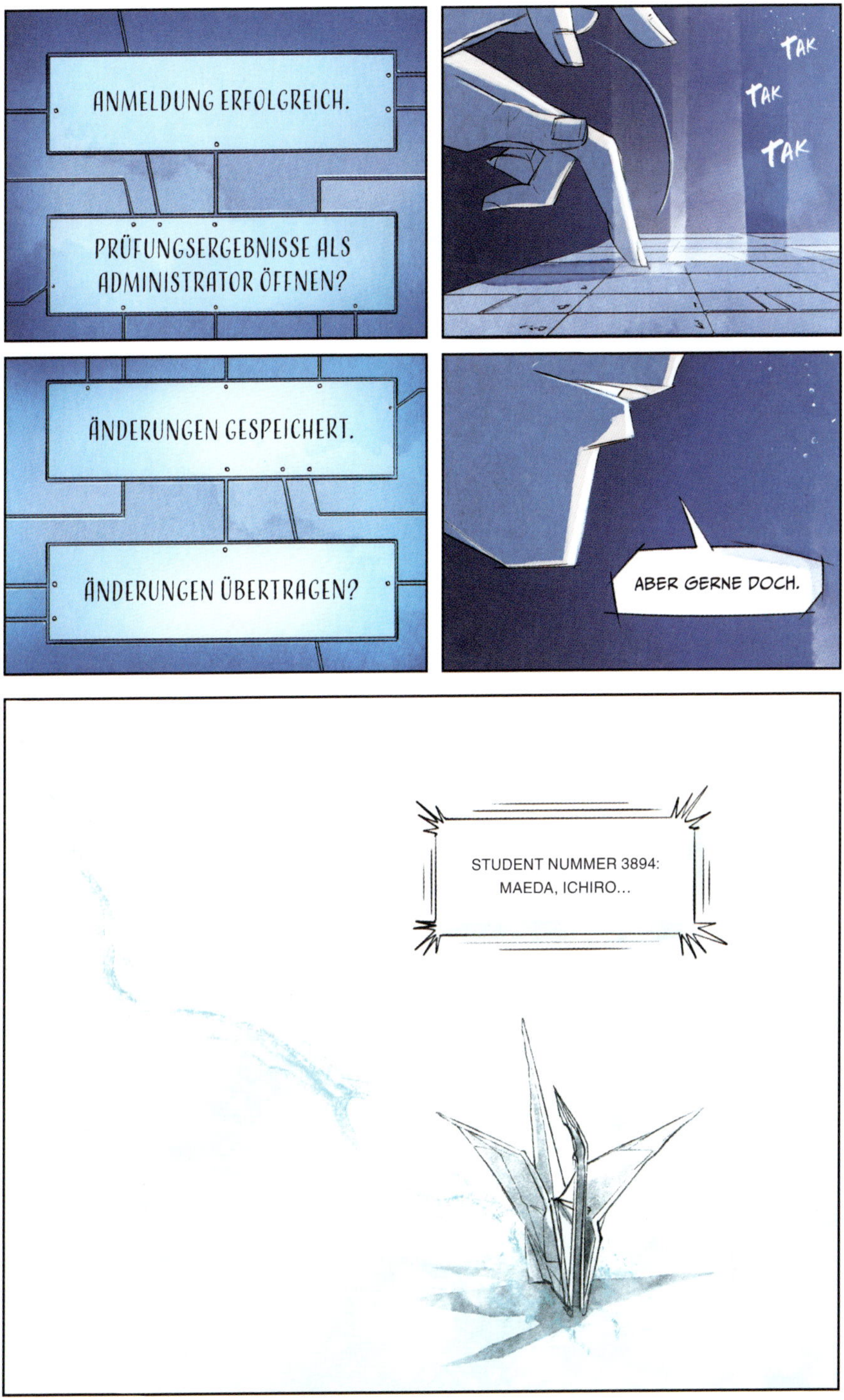

ANMELDUNG ERFOLGREICH.

PRÜFUNGSERGEBNISSE ALS ADMINISTRATOR ÖFFNEN?

TAK
TAK
TAK

ÄNDERUNGEN GESPEICHERT.

ÄNDERUNGEN ÜBERTRAGEN?

ABER GERNE DOCH.

STUDENT NUMMER 3894:
MAEDA, ICHIRO…

EPISODE 3

GODO SAGT:
»LERNE LIEBER AUS DEN FEHLERN ANDERER,
ALS EIGENE ZU MACHEN.«

ES MUSS EIN FEHLER VORLIEGEN!

OH GODO, WARUM HABE ICH DAS LAUT GESAGT?

FEHLER SIND AUSGESCHLOSSEN.

DAS GODO-SYSTEM IST MAKELLOS.

TYPISCH.

UNVERSCHÄMT...

FEHLER? ALS OB!

GODO IST UNGLAUBLICH.

FÜR WEN HÄLT DIE SICH?!

GESCHIEHT IHR RECHT.

TSSS...

HAT SIE GERADE WIRKLICH...?!

NEIN. ICH HINTERFRAGE GODO NICHT.

DANN AKZEPTIERE DEIN VERSAGEN.

VERSAGEN.

ICH HABE VERSAGT.

MEINE ZUKUNFT...

... WEG.

WENN SIE BESTANDEN HABEN...

... BEGEBEN SICH BITTE INS AUDITORIUM...

... FÜR DIE FEIER-LICHE ABSCHLUSS-ZEREMONIE.

WENN SIE DURCHGEFALLEN SIND...

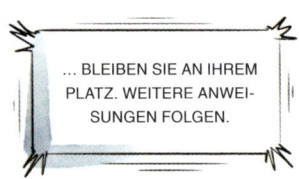

... BLEIBEN SIE AN IHREM PLATZ. WEITERE ANWEI-SUNGEN FOLGEN.

REFLEKTIEREN SIE...

... IHR VERSAGEN.

SIE HABEN SICH SELBST, IHREN JAHRGANG, DIE GE-SELLSCHAFT...

... ABER VOR ALLEM GODO ENTTÄUSCHT.

DAS SYSTEM KALIBRIERT NUN...

... IHRE ZUKUNFT NEU.

WELCHE
ZUKUNFT? ICH HAB'S
VERMASSELT.

WAR AUCH ZU
SCHÖN, UM WAHR
ZU SEIN...

... MEIN
LEBEN WIEDER
IN DEN GRIFF ZU
KRIEGEN...

ICH... DACHTE,
ICH WÄRE AUF DER
ZIELGERADEN.

WAR ICH SO
HOCHMÜTIG? ES
SCHEINT SO...

ABER MEINE
NOTEN WAREN GUT.
DIE PRÜFUNG KANN DOCH
NICHT **SO** SCHLECHT
GEWESEN SEIN.

SOGAR
RYUICHI HAT GESAGT,
DASS I...

OH, GODO...

WAS, WENN
ER ES SCHON
WEISS?

WIE SOLL ICH
DAS ERKLÄREN?

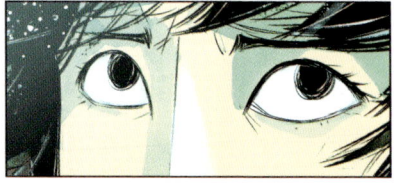

DEIN
NLIST PERI

WARNUNG!
BEVORSTEHENDER
VERSTOSS GEORTET.

TSS...
SCHON?

HAU AB, FLUGRATTE. HIER GIBT'S NICHTS ZU SEHEN.

HEY, ICH HAB NICHTS GEMACHT.

NOCH NICHT.

NEUBERECHNUNG.

UMGEBUNGS-SCAN.

KEIN VERHAF-TUNGSGRUND.

RISIKOWERTE WIEDER IM AKZEP-TABLEN BEREICH.

GRUSS UND KUSS AN DEN BOSS!

EPISODE 4

GODO SAGT:
»WENN DU DEN BODEN UNTER DEN FÜSSEN VERLIERST,
LERNE ZU FLIEGEN.«

VERSTOSS GEORTET.

UMGEBUNGSSCAN.

RRRRRRRRRRRRRRRRG

REINIGUNGSEINHEIT ANGEFORDERT.

VIEL GLÜCK DAMIT! ICH BIN DANN MAL WEG.

TSS! HERRJE...

DAS FINDET IHR RAUS IN DREI...

ZWEI...

W...WIRF SIE WEG!

EINS.

TÄTER ERFASST.

WENN SIE NICHT BESTANDEN HABEN...

... BEGEBEN SIE SICH ZU DEN HÖFEN, UM IHREN STUDIEN-KREDIT ABZUARBEITEN.

MELDEN SIE SICH MORGEN FRÜH BEIM ARBEITS-VERTEILUNGSBÜRO DES ÄUSSEREN RINGS.

IHRE PERSÖNLICHEN BESITZTÜMER WERDEN IHNEN ZEITNAH ZUGESTELLT.

OKAY, ITSHOU, DENK NACH!

WELCHE OPTIONEN HAB ICH?

DAS BENOTUNGS-VERFAHREN ZU HINTERFRAGEN, IST ZWECKLOS.

UND ICH MUSS DEN NÄCHSTEN ZUG ERWISCHEN, UM RECHTZEITIG IM AR-BEITSBÜRO ZU SEIN.

SONST STUFEN DIE MICH NOCH ALS FLÜCHTIGE EIN.

DAS WIRD IHM NICHT GEFALLEN.

ABER ER WIRD ES FÜR MICH TUN.

FÜR UNS.

ER NIMMT DIREKT AB?

...UHRUF ANGENOMMEN. √

ICH HABE AUF DEINEN ANRUF GE-WARTET.

ER... SIEHT MICH NICHT MAL AN?

UND WAS SOLL DIESER TON? SO REDET ER DOCH SONST NICHT.

D...DU HAST SIE DOCH SICHER BE-KOMMEN, DIE...

ERGEBNISSE? NATÜRLICH.

KANNST DU DAS GLAUBEN?

NATÜRLICH NICHT.

ICH KANN...

... NICHT GLAUBEN, DASS DU MICH SO LANGE TÄUSCHEN KONNTEST.

WARTE... WAS?

ABER ICH BIN WOHL SELBST SCHULD.

ICH WOLLTE SO SEHR, DASS DIESE BEZIEHUNG FUNKTIONIERT...

ICH HATTE MITLEID MIT DIR, DEINEN ÄNGSTEN... DEINEM CHAOS.

ICH HÄTTE FRÜHER DEN EMPFEHLUNGEN MEINES KARRIEREPLANERS FOLGEN MÜSSEN...

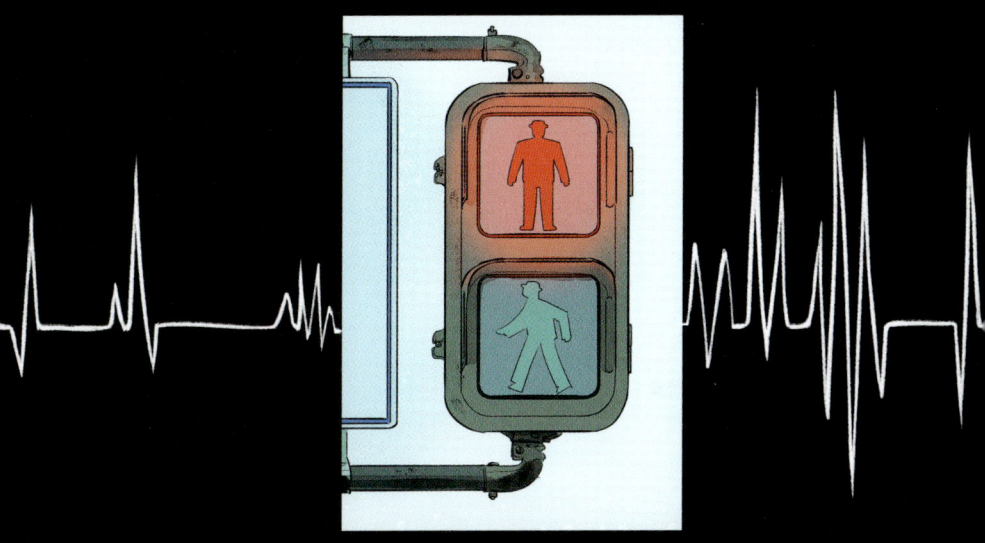

BEENDET. WIE UNSERE BEZIEHUNG?

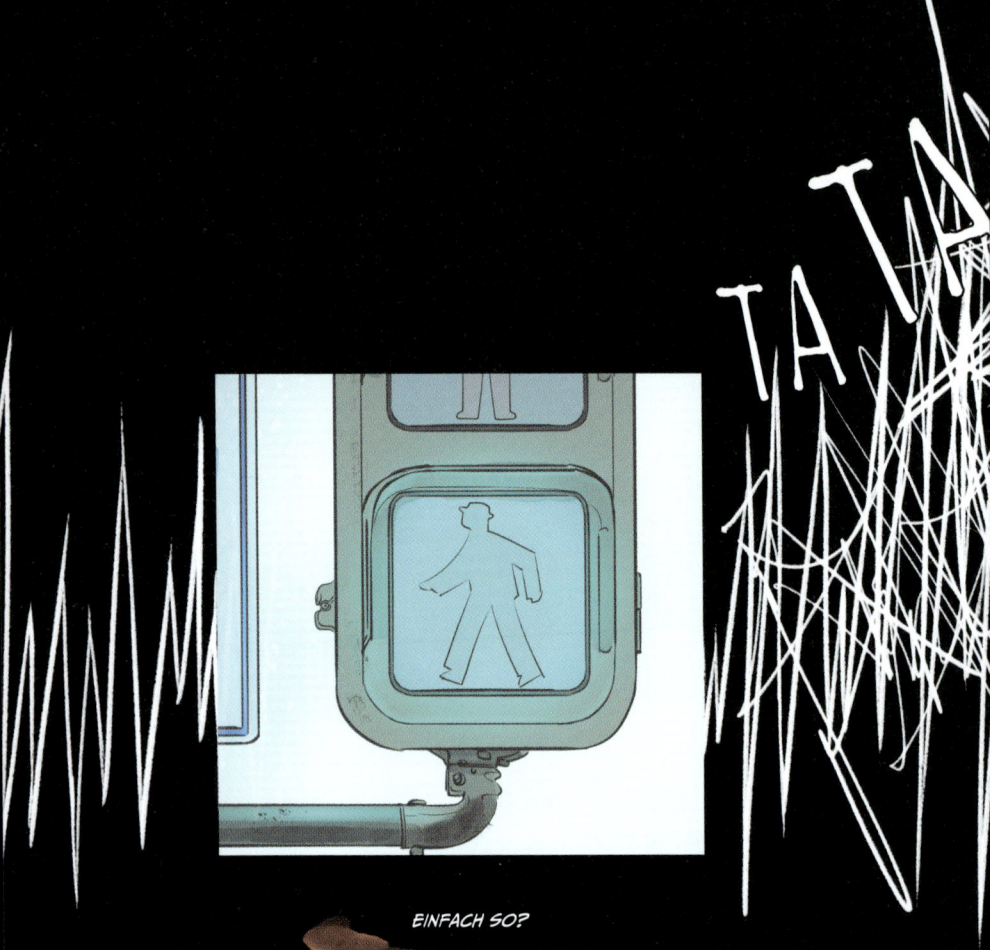

ATME EINFACH.

EIN. AUS.

...

ITSHOU...

WOHER...

... KENNST DU MEINEN NAMEN?

W...WER BIST DU?

DU HAST MICH VERGESSEN?

TYPISCH.

SWUSCH

WAS IST SEIN PROBLEM?

VERGISS, DASS DU MICH GESEHEN HAST.

UND WIRF DAS WEG.

WIRF WAS WEG?

DAS IN DEINER MANTELTASCHE.

EPISODE 5

GODO SAGT:
»NICHT NUR DIE WÄNDE HABEN OHREN.«

HALT...

IST ER ETWA...

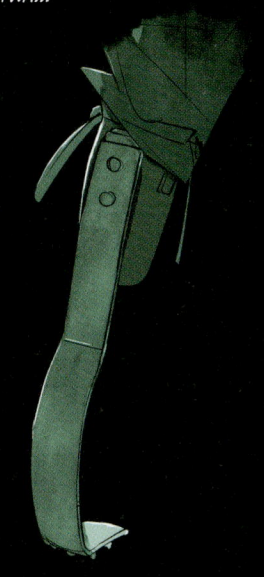

EJO, WARTE!!

SACK-
GASSE...

ER IST EIN-
FACH WEG.

VIELLEICHT...

... WOLLTE ICH BLOSS EIN
BEKANNTES GESICHT SEHEN...
AUCH WENN ES JAHRE HER IST.

HAB ICH'S MIR NUR
EINGEBILDET?

KEINE SPUR VON IHM...

... UND MEINE ZEIT IST AUCH ABGELAUFEN.

WIR

ABFAHRT

ANKUNFT

SCHLUCHZ

SCHNIEF

SCHLUCHZ

WIR SCHAFFEN DAS!

TAMA...

SIE IST AUCH DURCHGEFALLEN...

JETZT SIND WIR EIN TEAM.

ITSHOU...

DU... HÄTTEST DEN KRANICH BESSER SELBST BEHALTEN...

ACH, HILFT JA NICHTS.

MAN SAGT, MIT FREUNDEN VERGEHT DIE ZEIT SCHNELLER.

SETZT DU DICH IM ZUG NEBEN MICH?

JA.

KLINGT SUPER.

WIR SCHAFFEN DAS!

EJO?!

 IST DAS MEIN HANDY?

ER?!

ER RUFT MICH AN!

HAT ER DOCH NOCHMAL DAS SYSTEM GEPRÜFT?!

RYUICHI! WIE SCHÖN, DASS DU ANRUFST!

ITSHOU, WO BIST DU GERADE?

DEIN ZUG IST PLANMÄSSIG AB-GEFAHREN – ABER OHNE DICH.

WAS?

WOHER WEISST DU...

119

EPISODE 6

GODO SAGT:
»EIN FREUND IN DER NOT HAT WAHRHAFTIG KEINE FREUNDE.«

ITSHOU, BLEIB, WO DU BIST.

DER FAHRER IST UNTERWEGS.

PROJEKT ITSHOU

AKTUELLER STANDORT

ER BRINGT DICH SICHER IN DEN ÄUSSEREN RING.

BLEIB RUHIG.

ICH SEHE MIR ALLES NACH DER ARBEIT NOCHMAL AN.

ER ÜBERWACHT MEINEN STAND- ORT? WARUM? SEIT WANN?

GUT.

DANKE...

... LIEBLING.

DU WEISST, WAS ZU TUN IST.

ICH WARTE HIER.

BRAVES MÄDCHEN.

ICH... LIEBE DICH, RYUICHI.

WIR REDEN SPÄTER.

KLICK!

♪!

EJOS ZUG FÄHRT AB!

ICH MUSS MICH BEEILEN!

ITSHOU...?

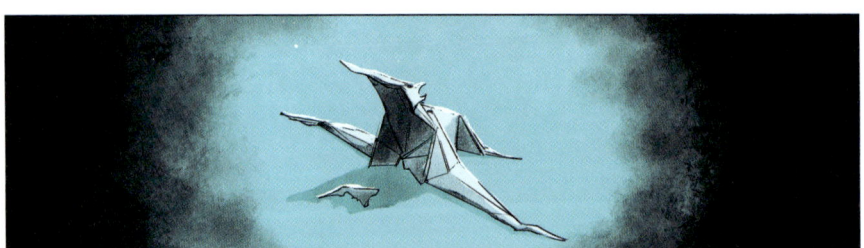

HAT SIE ÄRGER GEMACHT?

STANDORT:

UNTERWEGS NACH: ÄUBERER RING

WAGEN: 5402

NÄCHSTE ST...

34 MIN

NICHT WIRKLICH.

GUT SO.

DANN SIND WIR JETZT WIEDER AUF KURS.

AUF ZUR NÄCHSTEN PHASE.

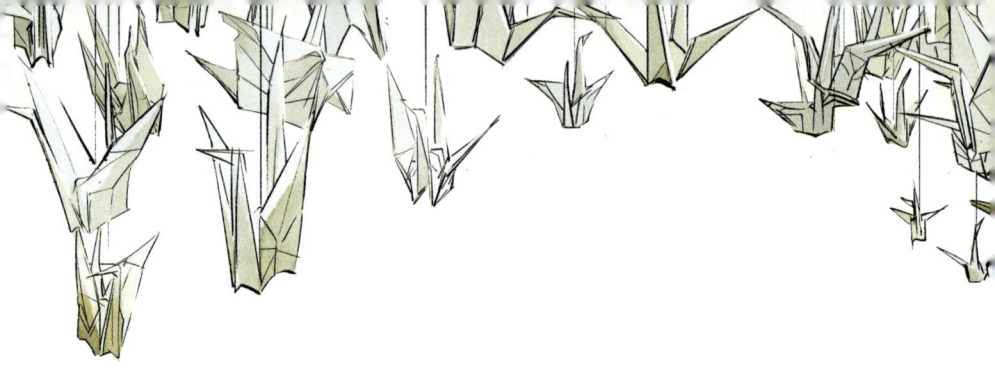

EPISODE 7

VERO SAGT:
»IM DUNKLEN VERBLEIBEN NUR RÜCKSTÄNDE DES LICHTS.«

HEY.

SORRY WEGEN DES ANRUFS HEUTE MORGEN!! >_<

NOCH SAUER?

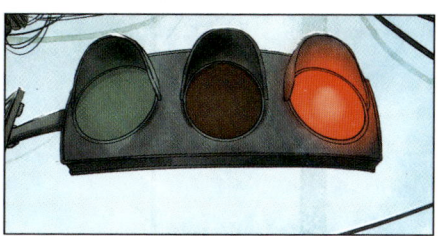

KATA KATA

DER ZUG FÄHRT SCHON LANGSAMER...

KATA KATA

IHM PASSIERT NICHTS, ODER?

WAS MACH ICH JETZT? WAS GEHT HIER VOR?

HAT DAS NOCH JEMAND GESEHEN?

WARTE ICH BIS ZUR NÄCHSTEN STATION...?

ABER EJO WOLLTE WOHL UNBEDINGT, DASS ICH AUSSTEIGE...

ICH... VERTRAUE IHM!

HEY!

WAS GLAUBST DU, WAS DU DA TUST?

W...WIR MÜSSEN DEN ZUG STOPPEN!

BITTE WAS?

IRGENDETWAS STIMMT NICHT!

DA HINGEN LEUTE AUSSEN AM ZUG!

SIE HINGEN AM ZUG?

DER WAR MIR NEU.

MIR EGAL, WENN DU SCHWÄNZT...

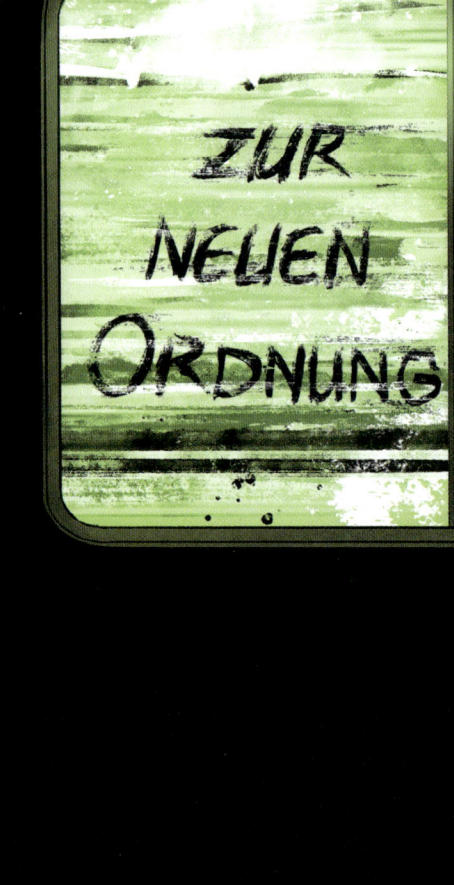

IN

3

2

EPISODE 8

GODO SAGT:
»BEGEGNE DEN ELTERN WIE DU GODO BEGEGNEST.«

VIELEN DANK FÜR DIE EINLADUNG, OBERST SOKO.
ES IST SCHÖN, SIE ENDLICH KENNENZULERNEN, DR. PÉNON.
TIEFER, PAPA!
ENTSCHULDIGEN SIE MEINE VERSPÄTUNG.
DIE HAUPTSTRASSE WAR WEGEN EINER GROSSFAHNDUNG GESPERRT.
ABER DAS WISSEN SIE SICHER BEREITS, NICHT WAHR?
SELBSTVERSTÄNDLICH. JEDERZEIT.
TROTZDEM SCHÄTZE ICH PÜNKTLICHKEIT.
GODO SAGT...
JUNGS, BITTE...

UNSER ESSEN WIRD KALT.

BITTE NEHMEN SIE PLATZ.

ICH HABE MIR ERLAUBT, FÜR SIE ZU BESTELLEN.

NATÜRLICH NACH EINEM SCREENING IHRER VORLIEBEN.

NATÜRLICH. UND WIE ICH SEHE, HABEN SIE ONIGIRI MIT THUNFISCH AUS AQUA-KULTUR BESTELLT.

ABER DIE MÜHE MIT DEM SCREENING HÄTTEN SIE SICH SPAREN KÖNNEN, JUNGE.

DA ICH HIER STAMMGAST BIN, HÄTTEN SIE AUCH EINFACH DIE ANGESTELLTEN NACH MEINEN VORLIEBEN FRAGEN KÖNNEN.

MEINE TOCHTER WÄRE WIEDERUM KEINE HILFE GEWESEN. MEIN GESCHMACK IST IHR ZU GEWÖHNLICH.

ES IST PEINLICH, IN SO EINEM BILLIGEN LOKAL GESEHEN ZU WERDEN.

GANZ IM GEGENTEIL, ES IST EIN SEHR PASSENDER ORT.

WAS?!

DEIN VATER HAT RECHT, LIANGH.

IN DIESEM RESTAURANT HABEN SICH DEINE VER-EHRTEN ELTERN ZUM ERSTEN MAL GETROFFEN.

PAPS HAT DAS NIE ERWÄHNT...

ERLAUBEN SIE MIR EINE KLEINE DEMONSTRATION.

ICH HABE IHR GETRÄNK FÜR EXAKT 16:32 UHR BESTELLT.

159

161

NUN, DIE WETTERDIENSTAUF-
ZEICHNUNGEN MÖGEN ZWAR
DOKUMENTIEREN, DASS ES AM
3. FEBRUAR REGNETE, ABER...

... FÜR MICH SCHIEN
DAMALS DIE SONNE.

ZWEIFELLOS.

UNGLAUBLICH...

NUN JA...

... DIESES KITSCHIGE GE-PLÄNKEL IST EIN PRIVILEG, DAS SICH HEUTZUTAGE NUR NOCH DIE ÄLTEREN GENERATIONEN LEISTEN KÖNNEN.
KOMMEN WIR ZUM GESCHÄFT-LICHEN.

DIE HAND IHRER TOCHTER...
WAS WIRD SIE MICH KOSTEN?

EPISODE 9

GODO SAGT:
»VERSTAND ÜBER HEIRAT.«

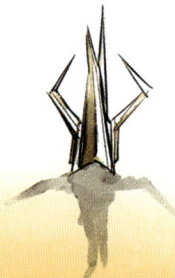

HMM...

KOMM SCHON,
PAPS.

DU SPIELST MIT
MEINEN NERVEN.

165

ERSTENS... KÖNNEN SIE SICH DAS LEISTEN? MEINE TOCHTER IST UNBEZAHLBAR.

OOH, PAPS...

ZWEITENS: WAS IST GELD HEUTE DENN NOCH WERT?

ICH HÖRTE, INFORMATIONEN SEIEN DIE NEUE WÄHRUNG...

RICHTIG.

WAS?

PAPA! WILLST DU MICH FÜR GESCHWÄTZ EINTAUSCHEN?

DRITTENS: IST DAS NICHT **DEIN** TELEFON, MÄUSCHEN?

IHR WERDET EUCH SCHON EINIG, ODER?

ICH RUF DICH AN!

STRESS DICH NICHT. WIR SEHEN UNS HEUTE ABEND, LIANGH.

TSCHÜSS, SCHÄTZCHEN.

TJA, DA LÄUFT DAS GESICHT UNSERER NATION.

NOCH KÖNNEN SIE ES SICH ANDERS ÜBERLEGEN.

IHRE SORGE EHRT MICH, DR. PÉNON. ABER SIE WIRD SICH SCHON MACHEN.

NUN, WEGEN DER...

TAXI!!

OH, EIN NOTRUF. ICH FÜRCHTE, ICH MUSS AUCH GEHEN.

ES WAR MIR EIN VERGNÜGEN. ICH FREUE MICH DARAUF, IHRER ANGESEHENEN FAMILIE BEIZUTRETEN.

ICH SCHREIBE IHNEN EINEN SCHECK. NENNEN SIE MIR EINE ZAHL... ODER EINE FRAGE.

PERFEKTES TIMING, TSUYA! OPFERZAHL?

NOCH KEINE, HERR OBERST.

NENNENSWERTE VORKOMMNISSE?

IHRE... ÄH...

SIE WAREN DOCH IM BILDE, DASS ITSHOU AN BORD VON G-4 WAR, ODER?

... HALLO?

...REINIGUNG RE... ...IERT. SUCHE NA... ...URSACHER.

ÄH...
DR. PÉNON?

... JA?

I...ICH SCANNE DANN SIE WEGEN DER RECHNUNG?

NUN, DA HABEN SIE GLÜCK, HITO-SAN.

ICH BIN WOHL DER GROSSZÜGIGSTE TRINK-GELDGEBER DIESER SELTSAMEN RUNDE.

DR. PÉNON, DAS KANN ICH NICHT ANNEHMEN. ES IST NI...

BITTE NEHMEN SIE ES. ICH MUSS DEN BITTEREN NACH-GESCHMACK MIT ETWAS GUTEM WEGSPÜLEN.

WAR DAS ESSEN NICHT ZU IH...

DIE GESELL-SCHAFT, HITO.

DIE GESELLSCHAFT.

... DIE HABEN WIR SCHON LANGE HINTER UNS GE-LASSEN.

EPISODE 10

VERO SAGT:
»DER VERSTAND IST EIN SCHRECKLICHER VERLUST.«

181

... IST ES GELUNGEN, EINEN WEITEREN TERRORAN-SCHLAG ZU VERÜBEN.

DAS SCHIENENNETZ UNSERER HAUPTSTADT WURDE ERNEUT SCHWER GETROFFEN – AUCH AUFGRUND DER UNACHTSAMKEIT DER ANWESENDEN PASSAGIERE.

NACH FREIGABE DER RETTUNGSKRÄFTE WERDEN SICH DIE ÜBERLEBENDEN FÜR IHRE FAHRLÄSSIG-KEIT VOR DEN ERMITTLUNGSBEHÖR-DEN VERANTWORTEN MÜSSEN.

UNSERE KAMERADROHNEN ÜBERTRAGEN IHNEN ERSTE BILDER VOM ORT DES ANGRIFFS.

GODO STEH MIR BEI!

183

VIELLEICHT...

... HAT SIE ÜBERLEBT!

ALLES...

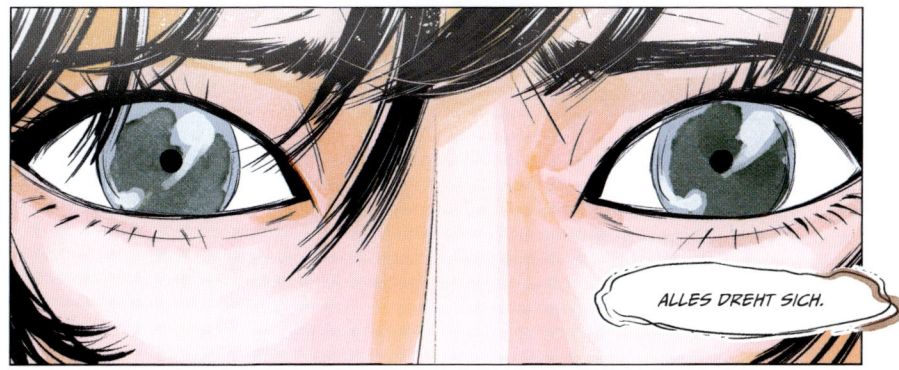

ALLES DREHT SICH.

EPISODE 11

GODO SAGT:
»AUGEN SIND DAS FENSTER ZUR SEELE. ABER NICHT
ZWINGEND ZUR EIGENEN.«

MEIN TOD WÄRE BESTIMMT EINE ERLEICHTERUNG FÜR RYUICHI.

MEIN VERSAGEN GERIETE IN VERGESSENHEIT UND WÄRE NUR NOCH EINE FUSSNOTE IN SEINEM BEEINDRUCKENDEN LEBENSLAUF.

ABER... EJO?

ICH WÜRDE NIE ERFAHREN, WAS MIT IHM PASSIERT IST...

WÜRDE ER UM MICH TRAUERN?

UND RYUICHI?

ALS ER MIT MIR SCHLUSS GEMACHT HAT...

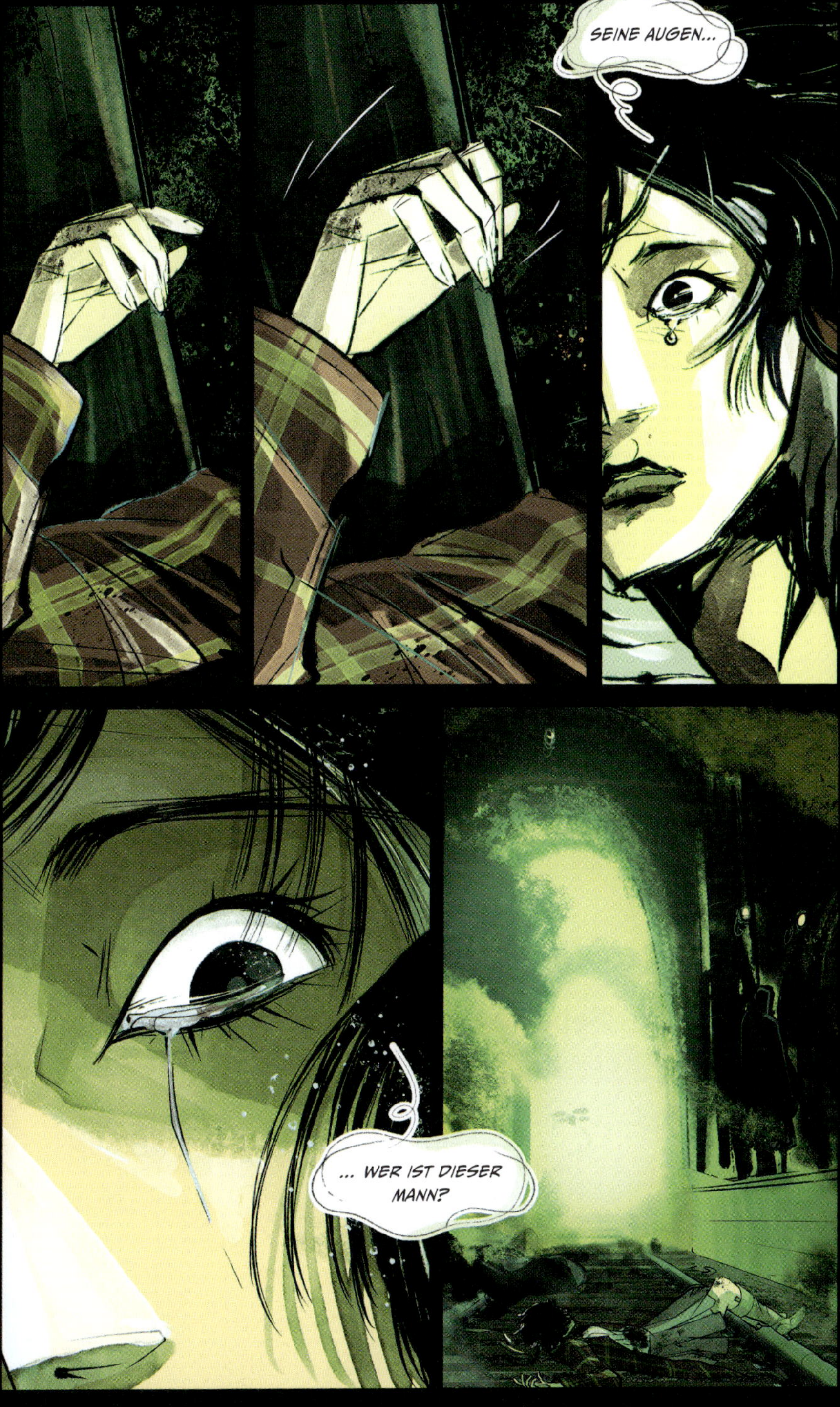
SEINE AUGEN...
... WER IST DIESER MANN?

EPISODE 12

VERO SAGT:
»DIE STILLEN MÄUSCHEN FINDEN NUR WENIG KÄSE.«

SOLDATEN!

SIE KOMMEN NÄHER!

DAS HAB ICH TOTAL
VERGESSEN!!

RRRIIIIIIINGG

BEI GODO,
ITSHOU... GEH
RAN!!

DU KANNST
NICHT TOT SEIN –
ICH VERBIETE ES!

EPISODE 13

GODO SAGT:
»BRICH KEINE BRÜCKEN AB, DIE DU NOCH EINMAL
ÜBERQUEREN WOLLEN KÖNNTEST.«

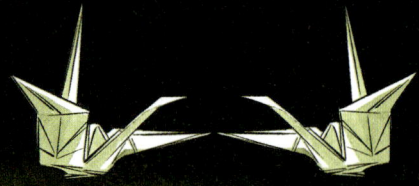

NOCH EIN ANRUF...
EINGEHENDER ANRUF
SCHATZ <3
47 VERPASSTE ANRUFE
SOLL ICH RANGEHEN...?
WENN ES WEITERKLINGELT, FINDEN MICH DIE SOLDATEN...

HNGH!

SACHTE!
FEST DRAUF-
DRÜCKEN.

DER VERBAND
WIRD NICHT LANGE
HALTEN...

ABER ICH HAB WAS
BESSERES IN DER NÄHE.

WO BRINGST
DU MICH HIN?
UND WER BIST DU
ÜBERHAUPT?

SEIT WANN DREHT
SICH ALLES? DAS IST
GAR NICHT GUT...

ICH HABE
VIELE NAMEN,
MEIN KIND...

MIT DER ZEIT
WIRST DU SIE
KENNENLERNEN.

ICH BRINGE DICH AN EINEN ORT, AN DEM ES SICHER IST. VORLÄUFIG.

NENN MICH ERSTMAL VERO.

VERO...?!

N...NEIN...

DIE AUTORINNEN

MARISSA DELBRESSINE...

... geboren 1982 in den Niederlanden, ist als freischaffende, preisgekrönte Comiczeichnerin, Illustratorin und Animatorin tätig. Zu ihren bekannten Werken zählt vor allem ihre Debüt-Comicserie »Ward«.

Als Autorin, Zeichnerin und Creative Director von »The Shadow Prophet« hat sie viele persönliche Themen in einer Geschichte verarbeitet, die nicht nur ihre Ängste und Herausforderungen, sondern auch ihre Liebe zur japanischen Kultur, zu Jim Hensons »Die Reise ins Labyrinth« und verschlungenen Erzählungen umfasst.

Hier findet ihr Marissa:
ocreana.tumblr.com
marissadelbressine

ANNE DELSEIT...

... geboren 1986 in Köln, ist im Comic-, Manga- und Webtoon-Bereich als Autorin, Redakteurin und Journalistin aktiv und für die Zeitschrift AnimaniA sowie die Convention AnimagiC tätig. Begeistert von Comics aus aller Welt und der Vielfalt des Erzählmediums arbeitet sie mit Künstler*innen aus dem In- und Ausland zusammen.

Bei Carlsen Manga! sind ihre Werke »Lilientod« und »Schattenarie« erschienen. Sie schreibt als Co-Autorin an Marissa Delbressines »The Shadow Prophet« mit.

Hier findet ihr Anne:
www.alicubi.de
alicubi

EXTRAS

MARISSA SAGT (VERMUTLICH):
»ES IST EIN JAMMER, DASS ES KEIN PERFEKTES MITTEL GEGEN PERFEKTIONISMUS GIBT.«

DANKSAGUNG

Liebe Leser*innen,

The Shadow Prophet hatte und hat eine lange Geschichte von Wegbereiter:innen und helfenden Händen. Ich möchte diesen Platz nutzen, um ihnen erneut zu danken.

Der erste von vielen ist **Jan Verdegaal**, ohne den dieses Projekt nie zustande gekommen wäre. Vor zwanzig Jahren gab Jan als BeeDee-Verleger mir als angehende Künstlerin eine Chance und betreute mich während meiner Debütantinnenjahre. Du wärst der Verleger dieses Projekts gewesen, wenn meine Reise nicht so lange gedauert hätte.

Willem Ritstier, der aus meinem groben Konzept schuf ein tiefes und solides Fundament und das ganze faszinierende Grundgerüst von The Shadow Prophet festlegte. Über Jahre hinweg hat er meine Ideenflut, meine endlosen E-Mails und mein allgemeines ADHS-Chaos geleitet und geordnet. Ein Großteil des zentralen Weltenaufbaus, der Hauptcharaktere und der Eröffnungsszenen stammt von ihm oder basiert auf seinem frühen Drehbuch.

Pieter van Oudheusden, der Willem geholfen hat, das ursprüngliche Konzept weiter auszugestalten und ihm in schwierigen Zeiten zur Seite stand. Unter anderem steuerte er das Konzept von »Godo sagt« bei. Lieber Pieter, es tut mir leid, dass es so lange gedauert hat, aber jetzt ist das Buch endlich da. Ich hoffe, du kannst es sehen, wo immer du bist.

Der **BKVB Fonds** (jetzt **Mondriaan Fonds**), der an dieses Projekt und an mein damaliges Ich geglaubt hat, auch als ich noch nicht bereit dafür war.

Joost van Dongen, mein lieber, talentierter Ehemann, ohne dessen unendliche Liebe, Unterstützung, Dad-Jokes und alles, wirklich alles, ich schon vor Jahren hätte aufhören müssen, meine Comic-Träume zu verfolgen. Danke, dass du mich liebst – mit all meinen Fehlern.

Lorian und **Marinde**, unsere wunderbaren Kinder, danke für euer Lächeln und eure Umarmungen. Es ist ein Privileg, euch dabei zuzusehen, wie ihr jeden Tag ein bisschen mehr zu euren zukünftigen Ichs werdet.

Der Anbieter **WEBTOON**, der The Shadow Prophet unter Vertrag genommen und seine Scroll-Comic-Plattform zur Verfügung gestellt hat, die unsere ursprüngliche Graphic Novel in eine aufregende neue Geschichte verwandelt hat, die Leser:innen weltweit nun als *The Shadow Prophet* lesen können.

Annie LaHue, unsere Redakteurin der ersten Webtoon-Staffel, die auch unseren Pitch angenommen und uns geholfen hat, unsere Geschichte zu verbessern – und mit uns durch die Höhen und Tiefen der COVID-Pandemie, Produktionsplänen und Lebensereignissen gegangen ist. Danke, dass du für uns gekämpft hast!

Coco Ouwerkerk, unsere Webtoon-Kollegin, die uns den Einstieg in die Webtoon-Welt ermöglicht und uns auf unserem Weg unterstützt hat. Wir schulden dir noch einen vollständigen *Acception*-Cameo!

Anne Delseit, danke, dass du mich auf dieser Achterbahnfahrt als meine Co-Autorin und Chaosmanagerin begleitest. Du hältst mich auf Kurs, so weit wie möglich.

Kai-Steffen Schwarz, **Patricia Janzen**, **Lena Voigt** und das ganze herzlich-engagierte Carlsen-Team – dafür, dass ihr euch in die Reihen der Godo-Gläubigen eingereiht habt und einen Traum erfüllt habt, auf den ich fast 20 Jahre lang hingearbeitet habe: *The Shadow Prophet* als Buch in den Händen zu halten.

Unser Webtoon-Produktionsteam, **Daniel de la Cruz** (Grundkolorist & Komponist von Soundtracks), **Peter Klijn** (Schattierungen und Highlights), **Sabrina Kooijmans** (Webtoon-Dateizusammenstellung und -Satz, Kleidungsdetails).

Natasja van Gestel und meine Praktikant:innen **Matthias**, **Jamie**, **Annelot** und **Wan Ting**, die Berge versetzt haben, um dieses Buch trotz meiner ständig wechselnden perfektionistischen Launen zusammenzustellen. Danke, dass ihr mich gelehrt habt, die Zügel loszulassen und mich zu öffnen.

Es gibt noch so viele Menschen, denen ich danken muss, also lasst uns das in Band 2 fortsetzen!

bow

~Marissa

ITSHOU
IM LAUFE DER JAHRE

2007

2008

2009

2010

2011

2013

FRÜHE
GRAPHIC-NOVEL-
KONZEPTPHASE

2014

2015

2016

2017

2018

2019

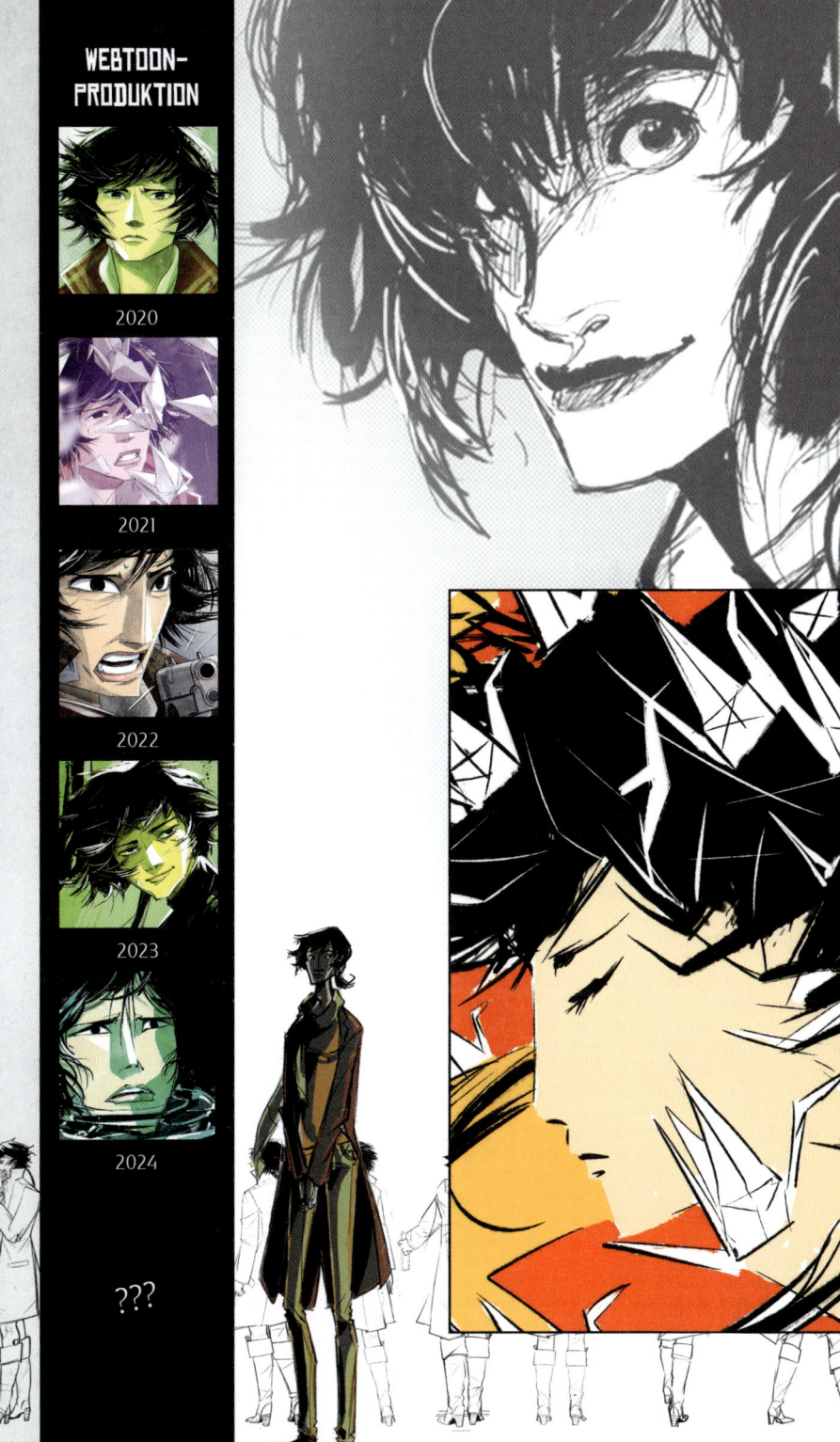

WEBTOON-
PRODUKTION

2020

2021

2022

2023

2024

???

VORSCHAU AUF BAND 2!

Im Chaos des Zugunglücks trifft Itshou auf den enigmatischen Vero und seine Gemeinschaft der Ausgestoßenen.

Während sie Veros kryptische Wortspiele vor immer neue Rätsel stellen, sucht sie auch das Gespräch mit Ejo. Wie konnte es ihn bloß in den terroristischen Kult verschlagen? Steckt in ihm noch etwas von dem Freund aus Kindertagen?

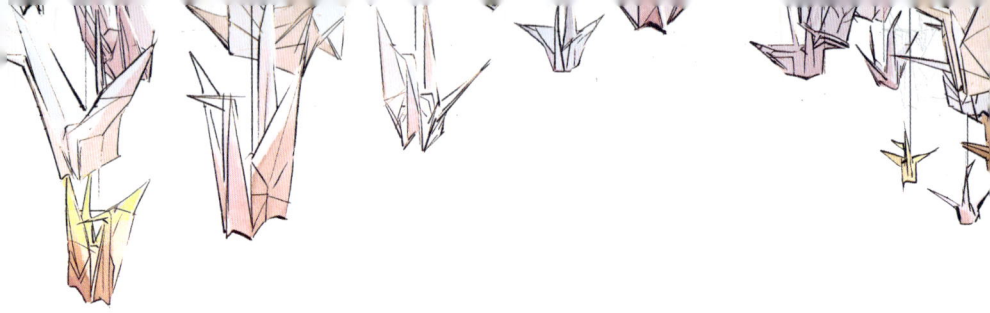

THE SHADOW PROPHET

C Lines
2024 Carlsen Verlag GmbH
Völckersstraße 14-20 • 22765 Hamburg
Aus dem Englischen von Anne Delseit
The Shadow Prophet
© Marissa Delbressine, Anne Delseit / Carlsen Verlag GmbH, Hamburg 2024
All rights reserved.
Covergestaltung: Marissa Delbressine & Peter Mrozek
Redaktion: Patricia Janzen
Produktionsmanagement: Lena Voigt
Alle deutschen Rechte vorbehalten.
Wir behalten uns die Nutzung unserer Inhalte für Text und
Data Mining im Sinne von § 44b UrhG ausdrücklich vor.
ISBN: 978-3-551-63036-0

carlsen.de/webtoons
carlsen.lnk.to/CarlsenSocialMedia
hayabusa_manga
carlsen_manga